MOLLI

💣☀️□●●𐍈

❶⑥③③⓪

↻⇕↙↙↓

3

© 2021 – Palle Hyldenbrandt
Forlag: BoD – Books on Demand, Hellerup, Danmark
Tryk: BoD – Books on Demand, Norderstedt, Tyskland

ISBN 978-87-4303-039-3

min

vov'ede

historie!

af Molli Hyldenbrandt

livets gang set gennem et par gnistrende sorte øjne på en lavtgående, krøllet, sort, fræk men virkelig skøn krudtugle!

FORORD

De siger, at hunde ikke kan skrive.

Så spørger jeg da, hvad er det så, du lige her og nu sidder og læser?

Det er da noget, <u>jeg</u> har skrevet!

Er det den uforlignelige og uforfalskede historie om en usædvanlig smuk og begavet cairn terrier i farven 'salt & pepper'?

Nemlig! Historien om en frankofil, brie- og emmentaler ost elskende munter steg af en hund, der aldrig efterlader tvivl hos nogen om hvem, der i alle sammenhænge er den egentlige boss.

Det er mig!

Ja, jeg kan jo ikke selv skrive tingene ned på papir eller på pc. Det kan man ikke, når man har poter. Men jeg har da så sandelig fået min far til at nedfælde min historie.

Læs den, og du vil ikke et sekund være i tvivl om, at den historie og de ord, min far har skrevet ned, stammer fra mig!

Han har simpelthen ikke fantasi nok til selv at finde på sådan en beretning!

Det ved I jo også godt. I kender ham jo også!

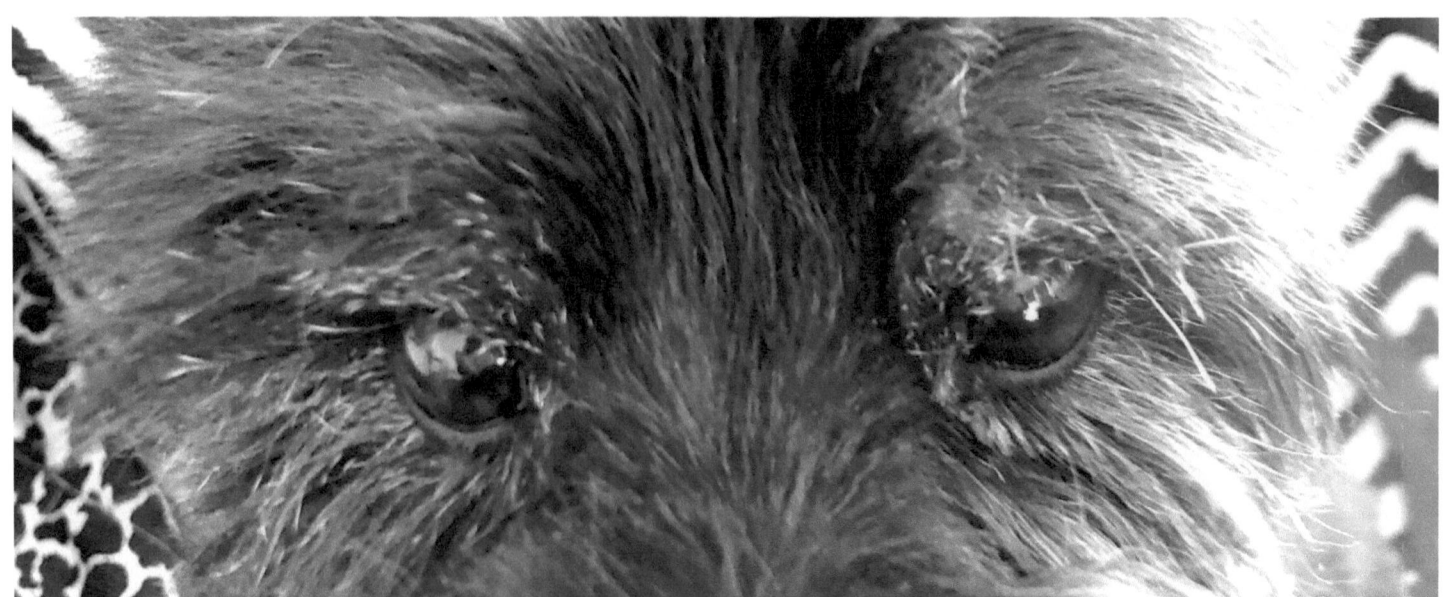

INTRODUKTION AF MIG

Molli!?

Hvorfor kun fornavnet?

Jeg er opvokset i en familie, hvor alle andre har et efternavn.

Hvorfor ikke mig?

Molli Hyldenbrandt!

Sådan! Med garanti det eneste levende væsen i universet med det navn.

Det har jeg det fint med. Det passer lige på mig.

Når man er over 80 år, vil man gerne være noget særligt og behandles med lidt respekt.

Respekt er der ikke for meget af i vore dage.

Jeg synes, at alder i dag mere betragtes som et handicap end et privilegium. Det er ikke nogen positiv udvikling, hverken for mig eller samfundet.

Og frøken, tak!

Jeg har aldrig og vil aldrig lade en af det andet køn komme så tæt på mig!

Det er en af grundene til, at jeg er så afvisende over for tilnærmelser fra mine artsfæller. Jeg er ikke helt tryg ved deres motiver.

Man hører jo så meget!

Frk. Molli Hyldenbrandt, det er mig!

Molli med et 'i' var et af min fars mange sære påfund. Han havde læst et sted, at hunde hører 'i'-lyde bedst, så han mente, at Molli var bedre end Molly...

Han er mærkelig! Altså, som om jeg ikke kan høre forskel på et 'y' og 'i'!?

Min mor forstod mig bedst. Hun var dejlig. Hende var jeg helt fjollet med.

Det var hende der fra starten pointerede, at vi gik tur for <u>min</u> skyld, så det var mig, der bestemte tempoet, og jeg skulle bare snuse ligeså tosset, jeg ville og følge min natur, som hun kaldte det.

min mor og mig

Det har jeg så holdt meget fast ved lige siden!

Min tur – mit tempo!

Jeg har heldigvis aldrig været spændt for en cykel eller tvunget med på andre former for tåbelige motionsture i opskruet tempo. Så havde jeg altså også protesteret helt vildt, hvis de havde prøvet på det!

Der har nu heller ikke været den store fare for, at det skulle ske. Jeg kan nemlig få mine ben rigtig langt ud til siden, så jeg ikke er til at rokke ud af stedet. Det har jeg demonstreret over for dem rigtig mange gange igennem årene.

Når jeg tænker nærmere over det, har jeg nok aldrig rigtigt været i farezonen med tåbelige motionsture.

Jeg kan nemlig ikke huske, at jeg nogensinde har set nogen af mine forældre sidde på en cykel eller bemærket, at de var i gang med at dyrke nogen form for motion.

Min mor var altid i gang med noget og var radmager, så hun havde slet ikke behov for yderligere motion – helt det samme kan jeg jo desværre ikke sige om min far...

Jeg synes sofaen har overfaldet ham rigtig mange gange gennem årene – ofte i ledtog med sporten i fjernsynet. Og det selv om havearbejdet eller andre spændende ting hele tiden kaldte på ham.

Men bortset fra det, så var jeg jo en rigtig ønskehvalp. Elsket højt og inderligt af begge mine forældre og af de fleste, der kom på besøg hos dem.

Der er jo et fåtal af mennesker, der ejendommeligt nok ikke bryder sig særlig meget om hunde. Dem kender jeg heldigvis ikke mange af.

Især Sarah har altid været god ved mig, så hende har jeg aldrig bidt!

Spøg til side, jeg har aldrig bidt nogen i hele mit liv.

Nu er jeg blevet over 80 og har stadig alle mine tænder, så at bide nogen, kommer slet ikke på tale i min alder. Jeg kunne jo risikere at knække en tand!

Det kunne være kønt! Hvad ville folk dog ikke tænke og sige om mig!?

Jeg kan næsten høre børnene råbe på gaden: 'se mor, den gamle tandløse hund'!

se, selv mit skæg er blevet studset!

EN STOLT SKOTSK CAIRN ER JEG

Jeg er født i Nordjylland, men siden jeg blev købt og adopteret af mine forældre, har jeg altid boet i Vejle.

Jeg er af en meget fin gammel slægt, jeg er en cairn terrier.

Jeg har godt nok senere i livet måtte opleve mine forældre diskutere, om jeg nu var helt 'ren'!

Jeg fandt efterhånden ud af, at det ikke var min hygiejne, de talte om, men noget meget mere alvorligt.

De var i tvivl om, ja, de var faktisk overbeviste om, at min mor eller mormor havde haft en affære!

Min lille størrelse, den krøllede pels og mit temperament fik dem til at mene, at jeg måtte være i familie med en skotte eller en puddel, eller snarere begge dele!

Det har været svært for mig at erkende muligheden af, at jeg måske ikke er helt ægte.

Det var meget ubetænksomt af mine forældre at diskutere sådan noget åbenlyst, mens jeg var til stede. Det føltes direkte nedværdigende og ringeagtende.

Os 'Cairns' er jo en stolt gammel skotsk race!

Vi er en af de ældste terriere og stammer fra det skotske højland. Vi blev brugt til at fange byttedyr, der havde gemt sig i cairns (stendysser).

Behøver jeg at fortælle, at vi betegnes som intelligente, glade, loyale, aktive, frygtløse, robuste og selvhævdende. Det er jo klart egenskaber, jeg alle genkender hos mig selv.

Jeg tror, at min far ville være lykkelig, hvis bare han besad halvdelen af de egenskaber!

Det fortælles ydermere, at vi har et stærkt jagtinstinkt og kræver megen opdragelse. På den anden side er vi som anført meget intelligente og nemme at opdrage.

Det siges ofte, at vi er ulydige, men at det ikke er tilfældet, hvis vi opdrages rigtigt...

Den sidste sætning lader vi lige stå lidt, for jeg tror nok, at min far har behov for at læse den et par gange!

Som en del af drillerierne om min herkomst, har jeg altid måttet høre for, at jeg sparker bagud gentagne gange, når jeg har tisset.

Jeg har også fået at vide, at jeg er en dominerende maskulin tævehund, og at det passer fint på min vagtsomme adfærd over for andre hunde.

Jeg husker, at det skuffede mig rigtig meget, at selv min mor var med på den galaj.

Når jeg tænker for meget på drillerierne og bliver lidt trist til mode, så skynder jeg mig altid at huske på, hvad søde Dante barnebarn siger om mig.

Han kalder mig en glad, sød og fjollet hund.

Heldigvis siger han mere end det!

Han siger nemlig, at jeg altid har været hans yndlingshund, og han har altid glædet sig lige meget hver gang, han skulle besøge mig. Han synes også, jeg er lige god mod børn som voksne.

Dante er bare rigtig sød, og vi har altid været de bedste venner!

MIN OPVÆKST I VEJLE

Min barndom var meget lykkelig!

Jeg er opvokset i en af de smukkest beliggende byer i Danmark. Jeg har jo ikke set så mange byer, men hørt rigtig mange sige det!

Jeg flyttede ind i et ret nyt hus, hvor der nogle år senere blev lavet en smart tilbygning på.

Mine forældre fortalte vidt og bredt, at den havde min far tegnet og bestemt materialevalget til...

Jeg har aldrig rigtig troet på den historie, men lad det nu bare ligge.

Huset havde i hvert fald en indbydende græsplæne, og i hele

området var der veje med dejlige fortove med græsrabatter til at gå tur på, når jeg havde lyst.

Jeg blev hurtigt stueren med græsset så tæt på. Jeg hørte dem godt nok mange gange rose sig selv over, at de havde trænet mig, og at jeg aldrig lavede uheld på gulvene. Det var nu mit valg, at det blev sådan. Det havde absolut intet med opdragelse eller træning at gøre.

her er jeg meget lille og potteplanterne meget store!!

22

Opdragelsen prøvede mine forældre ellers at sætte ind med meget tidligt.

Vi var nu flere parter i det anliggende, og jeg tror ikke, jeg nogensinde blev enig med mine forældre om, hvordan det skulle foregå.

Fra den allerførste dag punkede de mig med ting, jeg skulle lære.

Jeg husker tydeligt, at de fra starten prøvede at indoktrinere mig med noget, de omtalte som lydighedstræning...

Jeg skulle komme, når de kaldte. Jeg skulle hente en bold. Jeg skulle sætte mig, og når jeg lige havde sat mig, så skulle jeg sgu lægge mig ned!

Jeg skulle trænes i trafikken, sagde de, stå stille, når der kom biler osv. Men hør! De glemte lige, at vi boede i bunden af et villakvarter, hvor der aldrig kom biler!

Jeg blev så træt af, at de altid prøvede at opdrage på mig og altid på tidspunkter, hvor jeg ikke havde lyst.

Jeg var virkelig SÅ træt af det.

Jeg lod som om jeg ikke hørte dem, lukkede ørerne simpelthen, og jeg lukkede dem først op, når jeg var helt sikker på, at der var noget spiseligt på vej.

Jeg gad virkelig ikke og gjorde alt for at gøre dem det begribeligt.

Det varede meget længe før det hjalp, før de fattede det. Men endelig, til sidst og langt om længe, gav de op!

Min opvækst og ungdom fløj af sted. Tiden i huset på Hindbærhaven husker jeg kun som meget lykkelig.

Der var altid mange mennesker på besøg, fest og gode dage. Det betød heldigvis, at jeg fik ekstra opmærksomhed og blev lidt forkælet.

Jeg har aldrig manglet noget, hverken dengang eller nu.

Jeg har altid haft flere kurve at vælge mellem, strategisk placeret rundt i huset og masser af legetøj. Meget af det var noget billigt juks købt på tilbud i Lidl eller Aldi. Garanteret fyldt med parabener og andre grimme stoffer!

Bolde af forskellig art har altid været min favorit – tennisbolde og bolde der piber, når man bider i dem. Det gælder stadig her mange år efter.

nyklippet og helt lækker

MIN DAGSRYTME

Hver dag begynder som regel med, at min far står op kl. 07.30.

Jeg vågner også lige nok til at kunne dappe ind og lægge mig på puden foran TV.

På vejen stopper jeg i gangen, så han når at træde hen over mig og klø mig lidt på hovedet.

Så går han i gang med det, han nu skal lave, og jeg sover videre på puden.

<u>Min</u> dag begynder med et VOV!

Nu er jeg altså vågen og frisk – nu skal der ske noget!!

Det er normalt lidt før kl. 10, men efter jeg har været ved frisøren, er jeg i en lang periode frisk næsten en halv times tid tidligere. Han brokker sig højlydt over, at det har ændret hans dagsrytme, men det <u>kan</u> jeg altså ikke tage hensyn til.

Kl. 12 er jeg sulten, og jeg ved præcist, hvornår kl. er 18 +/- 10 min, for så er jeg sulten igen.

Sådan begynder alle mine dage, og som voksen hund er det gået op for mig, at alt hvad der sker for mig i min tilværelse, for langt det mestes vedkommende, er baseret på rutiner.

Som hund har jeg det fint med rutiner, at vide hvad der skal ske, at der er gentagelser, man kan glæde sig til.

Det er derfor ikke ubetinget rart at få flyttet dagens første gåtur eller det første måltid!

De glemmer jo, mine søde forældre, at jeg desværre ikke kan gå turen selv eller tage min mad i køleskabet!

Det eneste jeg kan gøre, er at fortælle dem, at jeg er utilfreds med et eller andet.

Altså, når jeg normalt tisser kl. 10.30, så kan jeg jo ikke vente til 11.15, fordi telefonen ringer.

Og når jeg spiser kl. 12 til hverdag, så er det vel ikke sært, at jeg er meget sulten kl. 13?

Hvad kan jeg gøre, og hvad gør jeg? Jeg skælder ud - højt og tydeligt - indtil der rettes op på fejlen.

Jeg kan jo nemlig klokken! Hver dag er jeg trængende kl. 10.30 og igen ved 16.30-tiden og mindst 1 gang yderligere ud på aftenen.

Min sult indtræder som nævnt kl. 12 og kl. 18, og tiderne skal ikke være passeret med mange minutter, før jeg gør opmærksom på det.

Jeg ville dog ønske at min mad ikke altid blev serveret i de afvejede latterlige portioner på 50-52 gram.

Ingen hund på min størrelse kan da klare sig med det. Jeg er selvfølgelig nødt til at tigge om mere mad for at blive mæt. De glemmer sgu, at jeg er den eneste i husstanden, der nøjes med 2 måltider om dagen.

Jeg får ingen morgenmad, så fra kl. 18 til kl. 12 næste dag - i 18 stive timer - får jeg intet andet at spise end, hvad jeg kan tiltuske mig undervejs.

I de sidste par år er aftenkaffen heldigvis blevet et af de ritualer, hvor der falder lidt ekstra af.

sne er bare sagen

Min far spørger mig ved 20-tiden om vi skal have kaffe, hvorefter jeg rejser mig samtidig med ham og indtager en forventningsfuld attitude ved køkkenvasken, siddende på rumpen med strittende ører.

Han får kaffe med et eller andet sødt til. Det må jeg jo ikke få, så det bliver en yndlings-bidepind med andekød på.

jeg KAN være ret nuttet, når det passer mig!

Herefter falder jeg til ro – kun afbrudt af den sene luftning eller de få meter ind til min natpude ved sengen.

På det seneste er han begyndt at bære mig ind til puden, fordi jeg sover tungt på det tidspunkt, han går i seng.

Dér bliver jeg hele natten.

Min far har fortalt mig, at jeg tit drømmer, når jeg sover tungt.

Så rykker det i kroppen, og jeg spjætter og bjæffer i søvne.

Det må jeg jo tro på, for jeg kan jo af gode grunde ikke se eller høre det selv.

MIT VOKSENLIVS RUTINER

Når jeg skal luftes, vil jeg gerne bestemme ruten, og turen skal være i mit tempo vel at mærke. Det var sådan, min mor lovede mig det og opdragede mig til.

Alligevel er vi ofte ikke enige om ruten. Min far insisterer virkelig på at bestemme ind imellem.

Derfor er vi meget sjældent enige.

Med sædvanlig sans for dramatik, kalder han mine lufteture for 'viljernes kamp'!

Han har det med at overdrive og klynke, når han møder den mindste modstand. Han ved jo godt, at det bare handler om, at jeg gerne vil bestemme hvad vej, vi skal gå.

Min tur – min vilje!

Jeg fornemmer hurtigt, hvis det er mørkt og regnfuldt, så synes jeg overhovedet ikke, det er spændende at skulle ud.

Jeg hader virkelig vind og regn, især samtidig!

Nye ruter og nye steder elsker jeg, når jeg først lige har haft den fornødne tid til at orientere mig.

Det kan tage lidt tid. Nye dufte og omgivelser er en velsignelse ind imellem.

Men går vi en af de 'gamle', sædvanlige ture, så skal han altså ikke pludselig begynde at gå til venstre, hvor vi plejer at gå til højre. Det gider jeg altså bare ikke!

Derfor hader jeg det virkelig, når han demonstrativt og med fysisk magtanvendelse løfter mig op i selen, så mine ben forlader jorden og drejer mig i en anden retning, og derved tvinger mig til at gå ruten anderledes!

Det er rent magtmisbrug, og temmelig ufint er det også!

her er jeg også meget lille – kun 4-5 måneder gammel

Det er vigtigt for mig at der er græs på ruten. Jeg elsker at rulle mig frem og tilbage i græsset. Jeg savner virkelig den lette adgang til den store plæne på Hindbærhaven.

Der er nogle ruter, der bare er FOR kedelige, det samme og det samme hver dag. Så gider jeg altså dårligt nok gå. Og når turen er ved at være slut, så trækker jeg det ud, for jeg gider ikke altid tilbage til lejligheden på 4. sal. Der er altid varmt i lejligheden det halve af året, og jeg tåler ikke varmen så godt mere.

På 4. sal er der intet græs at rulle sig i eller snuse i. Ingen udsigt, fordi det er sgu for koldt for mig på altanerne de fleste af årets måneder – og så regner det også nogle dage eller blæser – det bryder jeg mig bestemt heller ikke om.

Alle gåture giver mig alligevel ekstra energi. Selv efter rigtig lange eller kedelige ture er jeg 100 % oplagt til fis og ballade, straks vi kommer hjem.

Han kalder mig 'dit skide skøre apparat' bare fordi, jeg stjæler hans sutsko ind imellem, når vi kommer hjem fra lufteture. Der skal bare ske noget, og det kan virkelig få ham op på dupperne - hver gang, så vi får leget lidt!!

Vi leger normalt med bolde efter hver gåtur i dagtimerne – især efter regnvejr – jeg synes nemlig det er rigtig dejligt at løbe mig tør.

Det er samtidig en fornøjelse at se ham den gamle få lidt tiltrængt motion af boldlegene.

Han rører sig jo ikke for meget i forvejen!

Så det med boldene, det gør jeg bestemt mest for hans skyld!

Dagens sidste tur er den sene nattetisning.

Når han kalder på mig til den eller, når han mener, det er sengetid, er det sgu ikke altid, jeg orker at flytte stængerne.

Han er som nævnt flink nok til sommetider at bære mig i seng, for klokken kan have passeret 01.00, og mine ben er temmelig stive på det tidspunkt.

Det hjælper, hvis der er en nat-godbid i farvandet. Så hvis han nævner ordet 'godbid', så vågner jeg på et splitsekund og letter alligevel bagdelen og trasker med til tisning eller i seng – i <u>mit</u> tempo, altså!

En anden af rutinerne er den daglige soignering.

Min mor var jo den, der altid sørgede for, at jeg var præsentabel. Hun børstede og friserede mig hver dag og i samarbejde med min far, børstede de regelmæssigt mine tænder. Det blev til et par gange om ugen.

Det er jeg glad for i dag, hvor jeg trods min høje alder stadig har alle mine tænder og kun lejlighedsvis plages af lidt tandsten - men det har alle ældre vist.

Det lyder så ligetil. Det er det ikke! Jeg hader i virkeligheden at blive børstet! Det er kun feje tricks som at sætte mig op på et højt bord, der gør, at det kan gennemføres. Der kan jeg jo ikke flygte fra.

Det var også på den måde min mor holdt min lange pels i skak. Klipningen foregik på køkkenbordet, min mor styrede saksen og min far vimsede rundt i baggrunden og mente, han var til stor nytte.

Jeg var så træt bagefter...

Nu er jeg begyndt at komme hos frisøren i en sen alder efter min elskede mor døde. Det er en fantastisk oplevelse. Mit velbefindende er utroligt, når 2 timers traumer er overstået. Jeg føler mig flere år yngre.

Jeg er glad for, at ham den sure gider betale alle de penge for det.

Nå, han virker nu oprigtig glad for, at turen til frisøren virker så positivt og opkvikkende på mig.

Sidste gang gik han så langt som at sige, at det var de bedste 800 kr., han længe havde givet ud. Men jeg er nu ikke hundrede på, om han nu også mener det.

Det er bestemt nye toner fra hans side...

Nærig er han måske nok ikke, men påholdende er vist en yderst dækkende betegnelse.

Det er så nemt at være mig. Vil jeg kløs så lægger jeg mig bare på ryggen, så kommer der altid nogen rendende

lille, fin og ganske ulden i pelsen

Hvis jeg er lækkersulten, så sætter jeg mig bare foran glasset med godbidderne og siger VOV! Og virker det ikke første gang, så fortsætter jeg bare og med et sikkert resultat efter 2-3 højere VOV.

Naboerne skulle jo nødigt høre mig, så der kommer altid en godbid, eller også prøver han at aflede mig med at lege med bold.

Uanset hvad, så er det en win win for mig!

Mennesker er nemme.

Det fandt jeg allerede ud af, da jeg var ganske lille, og det har jeg benyttet mig af lige siden – på den gode måde selvfølgelig!

HVAD JEG HADER OG HVAD JEG ELSKER

Da jeg er en cairn og samtidig har nået en fremskreden alder, så er mit verdensbillede i endnu højere grad blevet sort / hvidt.

Jeg er slet ikke i tvivl om, hvad jeg kan lide, og hvad jeg ikke kan lide.

Jeg har et specielt forhold til katte! Det forhold er nemlig ikke-eksisterende! Jeg hader dem virkelig. Alt stritter på mig, og jeg gør højt og rasende, når jeg ser en kat tæt på mig. Og dog har jeg med årene måtte opleve, at der ikke er en, men nu fire katte i mit andet hjem hos Sarah og Jesper.

Hvad de skal i mit hus der, begriber jeg ikke. De skal bare have en over nakken og jages væk, helt væk.

her køler jeg krop og
maveskind på den
sidste is i foråret
2021 - i strandkanten i
Skyttehushaven

Som nævnt er mit forhold til andre hunde kompliceret. Min far mener, at jeg på et tidspunkt er blevet bidt, engang vi var i en hundeskov. Men hvad ved han dog om det!

Han påstår imidlertid hårdnakket, at han og min mor fandt mig i total overgivelse liggende på ryggen med en stor hanhund hen over mig.

Det lyder grimt, så det er godt, jeg ikke husker noget selv!

Jeg er siden stødt på nogle få hanhunde, nogle rolige nogen på samme størrelse som mig, som jeg godt vil tale med.

Louie er en af de få. Han bor i samme bygning som mig. Han er rolig og ikke spor pågående. Han er ok, selv om han er en 'westie'.

Til gengæld kan jeg ikke snuppe de der små vimse nogen, der bjæffer skingert hele tiden, eller hvalpe med hurtige, uventede

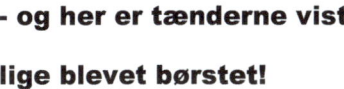

- og her er tænderne vist lige blevet børstet!

bevægelser og de store hunde. De skal bare holde sig helt væk, så hellere snakke med et menneske – til hver en tid.

Måger og duer er stangirriterende, mens solsorte blot er lidt irriterende. Alt flyvende derunder i størrelse er ikke interessant overhovedet.

Fly larmer vildt og generer min hørelse. Værst er F-16, så følger helikoptere og sidst kommer almindelige rutefly.

Nytårsaften og dagene op til!

Brag, bulder og lysglimt. Jeg bliver så tosset, fordi jeg jo hører tingene meget bedre end alle I andre – selv om min hørelse naturligvis ikke er, hvad den har været.

Det er trælse dage op til nytåret og på selve dagen, må jeg endda finde mig i at blive medicineret af min far, så jeg i et par timer stort set ikke aner, hvad der er op eller ned...

Næsten! For jeg kæmper som en gal for at få medicinen ud af kroppen, så jeg kan komme på benene og blive i stand til at forsvare mig, hvis noget farligt skulle ske.

Ikke vise svaghedstegn, så du bliver et let bytte – det ligger i mine gener.

Bilkørsel er slet ikke noget for mig.

Jeg hader virkelig at køre i bil – også selvom jeg nu har fået min mors plads på forsædet!

Alle de uventede bump er ubehagelige, fordi jeg ikke er forberedt på, at de kommer - og opbremsningerne, især opbremsningerne.

Han kører jo vitterlig ind imellem som en gal! Jeg ER endt på gulvet 2-3 gange – det glemmer han sgu!!

Det må også snart være nok! Den fartgale gamle mand – han er jo snart 80 år gammel!

Derfor stopper jeg op straks, det går op for mig, at vi er på vej i retning af bilen.

Jeg bryder mig bare ikke om at blive sat ind i den blikdåse!

Jeg er et socialt dyr!

Jeg elsker alle børn og de andre slags mennesker. Derfor stopper jeg op - ikke ofte - men <u>hver</u> gang, jeg passerer nogle mennesker, når jeg er ude på en af mine lufteture.

Som jeg altid siger: Hvem ved? Det kunne jo være nogen, jeg kendte eller nogen, der ville snakke med mig.

Jeg går ikke af vejen for nye menneske-bekendtskaber.

Hjemme elsker jeg at få gæster.

I det første lange triste Corona-år har der ikke været så mange, og slet ikke efter min mor døde.

På samme måde har jeg det, når jeg kommer på besøg. Dejligt at blive luftet lidt, og min far er egentlig rigtig flink til at tage mig med i byen.

Sne, nævnte jeg sne? At bore snuden og hele fjæset ned i frisk sne, vælte mig rundt i den, frem og tilbage. Det undrer mig så bare, hvordan det kan forsvinde så hurtigt fra den ene dag til den anden!

Græs... frodigt, frisk grønt græs til at rulle sig i, frem og tilbage, tilbage og frem, bore snuden dybt ned i eller bare ligge helt stille på og få kølet maveskindet. Det findes ikke meget bedre!

Mad er bare sagen, jeg elsker at spise et eller andet – ligegyldigt hvad!

De alt for få måltider, jeg får om dagen, sætter jeg virkelig pris på.

Tre særlig gode sager er kylling, sovs af enhver art og kartoffelmos. Det serveres alt for sjældent og altid i de latterligt små portioner.

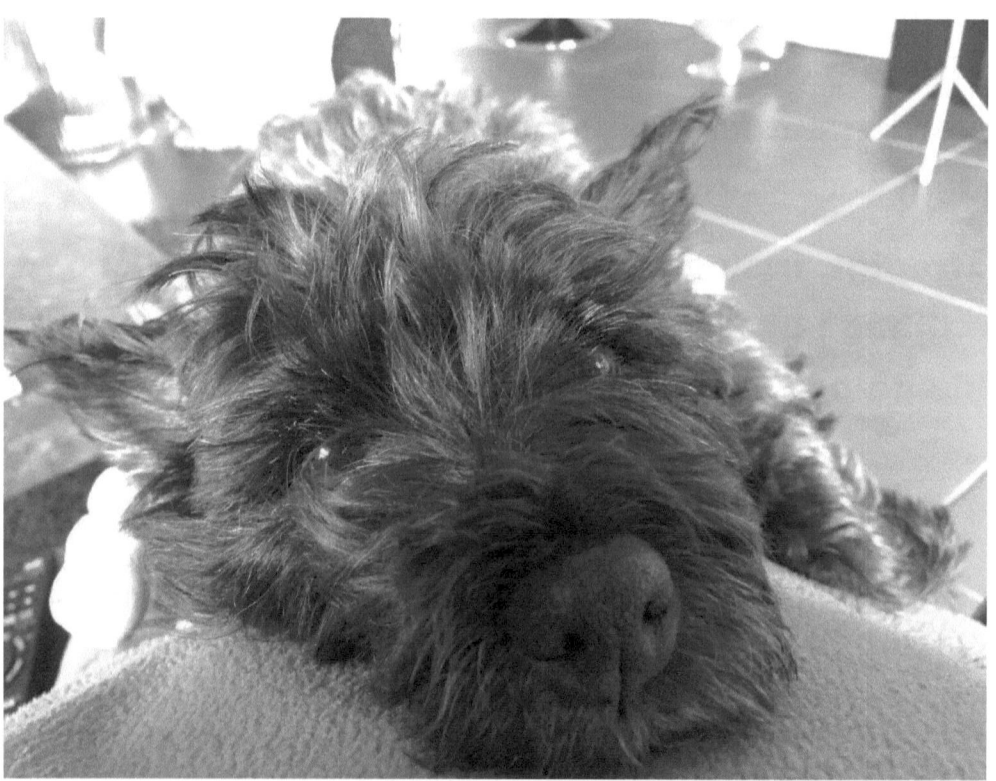

i det eftertænksomme hjørne og måske samtidig lidt træt?

Langt over halvdelen af min madportion består hver eneste gang af tørfoder. Det samme tørfoder, de har serveret for mig i årevis.

'Det er så sundt, så sundt, og det smører dine led og holder dig pænt slank' får jeg at vide hver gang.

Det kan meget vel være, men det er træls at få det samme dag ud og dag ind.

Men med de sølle 2 serveringer, jeg får i døgnet, så er jeg så stangsulten, at det alligevel ryger ned på få sekunder.

Det er vel ikke så underligt, at jeg er meget opmærksom på, når nogen går i køkkenet.

Hvis jeg fornemmer, at det handler om de indledende knæbøjninger til madlavning, så er er min interesse altså straks vakt!

Jeg er meget opsat på at finde ud af, om det kunne tænkes, at der faldt lidt af til mig eller bare blev tabt et eller andet på gulvet.

Hvis det ikke sker, så rykker jeg tættere og tættere på produktionsstedet i små etaper og prøver på den måde at gøre opmærksom på min tilstedeværelse – eller prøver at få øjenkontakt.

Hvis intet lykkes på den pæne måde, så må jeg jo rykke helt hen til vedkommende og sætte mig eller lægge mig i vedkommendes gangareal - og bjæffe indtrængende!

Jeg har også præsteret at sætte mig på personens fod!

Det plejer at virke...

PÅ AFVÆNNING

Min far har sat mig på afvænning utallige gange. Ikke den form for afvænning mennesker gennemgår, nej, min handler om godbidder!

På et meget tidligt tidspunkt i min tilværelse fandt jeg jo ud af, hvordan man skal bete sig for at opnå noget.

Hvis jeg satte stængerne i jorden midt under gåturen, så indtrængende på ham i elevatoren eller nægtede at gå de sidste 100 meter af lufteturen, hvor naboerne sad på altanerne og kunne følge med i begivenhederne... ja, så kunne jeg altid lokke en godbid eller to ud af ham, som pris for at bevæge mig videre.

Nu er jeg jo samtidig sådan indrettet, at jeg har en fotografisk hukommelse lige på dette område.

ja, min tunge er ret stor, og man aner det hak, der er fra dengang min mor klippede et stykke af den!!

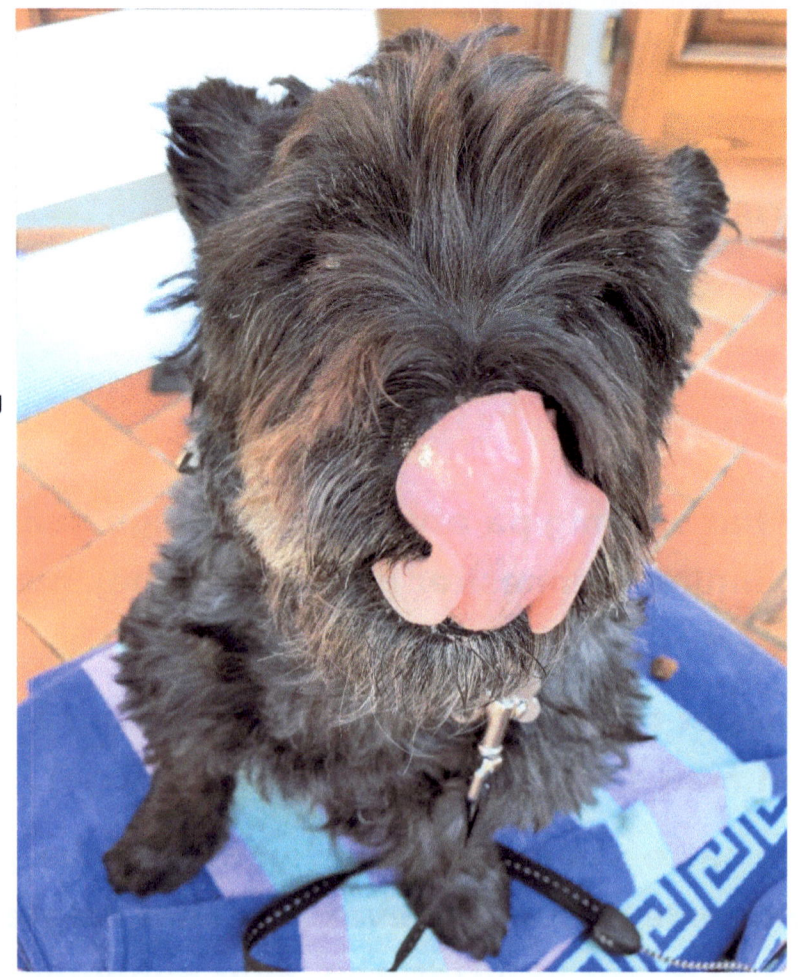

Jeg glemmer aldrig - som i <u>aldrig</u> - hvad det er for situationer og steder, der udløser godbidder, og skulle han glemme det, så stopper jeg op, og så får han mit særlige blik og benene ud til siden!

I flere omgange er det så blevet for broget for ham, fordi jeg til sidst nærmest ikke ville flytte mig uden, at jeg fik en belønning for det.

På et vist plan kan jeg jo godt forstå ham, og jeg tog vist også lidt vel meget på i vægt på et tidspunkt – selv efter min egen smag.

Afvænningen skete så ved, at vi tog bilen og kørte andre steder hen på mine lufteture.

Jeg nød de nye og spændende omgivelser og dufte så meget, at jeg glemte alt om godbidder og tiggeri.

Indtil næste gang!

ALENE HJEMME

Han siger, jeg lider af separationsangst fordi jeg registrerer, hver gang han rejser sig eller foretager sig noget, der er anderledes.

Ham og hans fine socialrådgiver udtryk!

Han kan jo sagtens være morsom. Jeg kan jo ikke nå dørhåndtaget og gå ud selv.

Jeg bryder mig ganske enkelt bare ikke om at blive efterladt alene, og sådan har det altid været, også mens min mor levede.

Jeg går ind på arbejdsværelset, hver gang jeg fornemmer, at han har planer om at gå ud af døren uden mig.

Så plejer han hver gang at sige, at han skal ud at handle...

Som om jeg tror på den!? Det er jo ikke hver gang, han har købt noget med hjem. Det kan jeg jo se. Dummere er jeg altså ikke.

Jeg bliver nu rigtig glad, når han kommer hjem. Jeg har ikke rigtig nogen fornemmelse af, hvor lang tid han har været væk, så min begejstring er lige stor, hvad enten det er 10 minutter eller 2 timer. Den velkomst kan han godt lide at få!

ser fredsommelig ud, men virkelig SÅ parat til hvad det skal være!

Jeg bliver da oprigtig glad, hvis han helt uventet spørger mig om jeg vil med i byen. Så er det lige før min hale falder af rumpetten af glæde!

De gange, jeg så er alene hjemme, går såmænd ok. Jeg ender med at lægge mig til at sove, som regel i stuen og har ikke drukket vand eller flyttet mig overhovedet, når min far så kommer igen.

Mit humør bliver hurtigt i top igen, og vi leger med bolde i nogle minutter. Så jeg har hurtig glemt, at jeg lige havde været alene.

Det er vist det eneste område, hvor min hukommelse ikke er helt god.

Det er jo ikke alle, der kan prale med det...!

VORES FERIER

Vi har været af sted på utallige ferier. Flere end jeg bryder mig om at tænke på.

Mange ferier blev heldigvis holdt i sommerhuse, vi lejede. Det er min ideelle ferieform, kort rejse, alle samlet under samme tag, flere der har lyst til at snakke og lege med mig, nye ruter at udforske og altid en frodig og dejlig græsplæne at flade ud på.

Ferierne langt borte i det fjerne udland, med de uendeligt lange køreture i brændende sol og stærk hede, var en pestilens for mig. Jeg ved simpelthen ikke, hvad de har tænkt på!?

Vi var af sted utallige gange til Frankrig og i de senere år også til Italien.

Jeg hadede virkelig de lange ture i bil. Mine forældre havde tilbøjelighed til at glemme, at min pels er sort og ofte temmelig lang.

Så gjorde de sig morsomme med, at det måske alligevel ikke var så galt for mig, fordi kvinderne i de rigtig varme lande går med sorte gevandter... samtidig med at de kunne iagttage, at min tunge hang 30 cm ud af gabet på mig på grund af varmen.

De skulle prøve at have min pels på!

Der var mere ro på i en årelang periode, hvor de stort set var i USA hvert år.

Der blev jeg passet af Sarah.

Det var rigtig dejligt at blive forkælet dér, for det var _før_ kattenes tid!

Fortalte jeg, at jeg hader katte!??

HVAD HAR JEG ELLERS BEDREVET?

Det er sket to gange, at jeg er stukket af, og jeg er blevet væk een gang.

Det er i hvert fald, hvad jeg kan huske.

Engang for mange år siden var vi i København på besøg hos Mikkel og hans familie.

Det gav mig mulighed for at besøge min gode ven, barnebarn Dante.

Under besøget, så jeg mit snit til at sprinte ud af hoveddøren og ud på gaden.

Jeg var ikke så gammel dengang og var helt sikkert den eneste, der syntes, at det var skægt at fise rundt på gaden, mens de alle dansede rundt mellem bilerne for at indfange mig. Jeg troede jo, vi legede!

Det kunne jeg så godt se på dem, at vi nok ikke gjorde alligevel.

Bilerne var også så tæt på, at det var faretruende. Jeg blev en smule bange til sidst.

De snakkede meget om bagefter, at jeg ikke er 'trafiksikker' på nogen måde.

jeg holder øje med dig!

Dengang vi var i gang med at bygge hus på Hindbærhaven, blev jeg pludselig væk!

Selve huset var færdigbygget og træterrassen på sydsiden var under etablering.

Der var et sted et bræt, der gabte lidt, så jeg lige kunne klemme mig ind i hulrummet under brædderne.

Der lå jeg et stykke tid, mens de allesammen fes rundt og kaldte på mig. Det var en rigtig god leg.

Da den leg ikke var sjov længere, kaldte jeg på dem, og med besvær fandt min far et sted, han kunne grave mig ud igen.

Jeg var rigtig glad for at se dem alle sammen igen.

Den anden gang jeg husker, jeg stak af, er kun et par år siden.

Hele familien var i sommerhus, og vi var vist lige kommet hjem fra en gåtur, og vejret var faretruende med mørke skyer.

I samme sekund som min far bukkede sig ned og tog selen af mig foran den åbne hoveddør, lød der et kæmpe stort tordenskrald!

Hold op, jeg blev bange!

Jeg spurtede af sted, rundt om huset, forbi bilerne og af sted ned af grusvejen.

Jeg skulle bare langt væk, og det skulle ske meget hurtigt!

De råbte og kaldte og lokkede, samtidig med, at de alle styrtede efter mig. Mingus og Dante overhalede hurtigt min far på de første 50 meter, og jeg blev da også lidt træt og holdt en lille pause, så de kunne nå frem til mig.

Jeg syntes, det var helt skægt, men det var der ikke andre, der syntes.

Dødbidere!

En anden gang faldt jeg i havnen med et ordentligt plask.

På det tidspunkt var jeg ca. 60 år men stadig særdeles rask og rørig.

Det var bestemt ikke, fordi jeg havde lyst til en svømmetur, for det var i den halvkolde årstid. Jeg blev bare helt vildt forskrækket.

Vi var på en ponton i havnen med en gammeldags vandpumpe, som børnene kan pumpe vand op fra havnebassinet med. Vandet kan så bruges til forskellige lege.

Pludselig var der et barn, der begyndte at pumpe vand med fuld kraft, og larmen fra pumpen gjorde mig så forskrækket, at jeg i et kæmpe hop forsvandt direkte ud over kanten af pontonen.

Jeg troede jo, at der var kaj eller bolværk på den anden side.

Min far var heldig, for han holdt godt fast i snoren til selen på min ryg og kunne forsigtigt hejse mig op af vandet.

Så han slap altså for at hoppe i efter mig!

Det tænker jeg da i det mindste, at han ville have gjort, hvis det havde været nødvendigt...

Derefter gik det i rask tempo hjemad, hvor jeg blev grundigt håndtørret og hårtørret.

Ja, jeg blev da lidt forkælet oven på forskrækkelsen.

Det er ellers ikke noget, jeg bryder mig særlig meget om – sådan, alt for meget ståhej...

på udkig på min ven Kirstens terrasse – med rumpen på en svalende sten!

MIN NYSGERRIGHED OG HUKOMMELSE

Når jeg kommer et nyt sted, så vil jeg gerne vide, hvad det er for et sted, så jeg går rundt fra det ene lokale til det næste og slår lige en kort runde i hvert rum. Er døren til et lokale lukket, så sætter jeg mig og gør, indtil døren bliver åbnet og jeg får tjekket det rum også.

Min far synes mærkeligt nok, at det er en smule pinligt at skulle bede værten åbne alle døre til alle værelser for inspektion, for at få seancen overstået.

Nye ting på gulvet eller ting, der er blevet flyttet, bliver straks opdaget og 'duttet' med snuden, det skal flytte sig, skal det!

Min hukommelse er rigtig god i almindelighed og ikke kun i relation til godbidder.

Mine forældre elskede at fortælle historien om mig på hotellet i Heidenheim i Tyskland.

Den historie kan jeg også selv rigtig godt lide.

Hotellet ligger sådan ca. halvvejs til Toscana bl.a., og vi har brugt det nogle gange for at få sovet ud inden bilturen fortsatte – blot til en enkelt overnatning. Det er et meget fint hotel, der er hammerdyrt i weekender, hvor der afholdes konferencer eller seminarer.

Med vanlig omhu havde min far fundet ud af på forhånd at reservere det bedste værelse med en utrolig panoramaudsigt over dalen og med egen terrasse til en 'special price' på en hverdag.

Elevatoren fandt vi oppe ad nogle trapper, og da vi trådte ud på etagen, skulle vi ad lange og snørklede gange til højre og venstre, før vi fandt værelset for enden af den sidste gang.

Pointen i min fars historie er, at da vi året efter på ny skulle overnatte samme sted og på samme værelse, så var det mig, der løb i forvejen op til elevatoren og <u>mig</u>, der løb ad de lange gange hen til værelset. De havde taget snoren af, så jeg benede i forvejen.

Jeg var ikke et sekund i tvivl om vejen til værelset trods de snørklede gange og trods det, at jeg kun havde været der én eneste gang - et år tidligere!

jeg KAN være
rolig...

MIT HELBRED OG MINE SANSER

Ak, når man når min alder, følger der nogle ting med. Det gælder for mig som for min far, det skrog.

Jeg har i mange år lidt af slidgigt i mine ben. Det indebærer nu, at jeg ikke selv kan hoppe op i sofaen længere – dvs. jeg gør det nu ind imellem, når min far ikke ser det.

Han kommer så styrtende til, hver gang, jeg skal ned for at hjælpe mig, det søde væsen.

Når han ikke lige er der i nærheden, så hopper jeg jo altså bare ned selv...

Gigten plager lidt og gør mig lidt stivbenet ind imellem.

Vejret spiller vel også ind.

Jeg ved, at han har købt noget mildt smertestillende, hvis det bliver værre.

Der gik akut betændelse i min livmoder for 4-5 år siden, og det havde nær kostet mig livet!

Sådan noget sker jo altid i en weekend.

Akut betændelse medførte en akut operation – og så på en søndag!

Den historie kostede mine forældre i omegnen af 15.000 kr.

Hvor har jeg dog måtte høre på, at de utallige gange har fortalt den historie til gud og hver mand, og beløbet sørgede de da også for blev flettet ind i historien adskillige gange - hver eneste gang.

Det var forsikringen, der betalte næsten hele regningen – det glemte de lige at fortælle!

Nå, alt i alt er jeg da glad for, at de gjorde en hurtig indsats for at redde mig.

Min lugtesans er stadig ok, den bruger jeg rigtig meget. Nogle gange kan jeg gå helt i selvsving med alt det snuseri og glemme tid og sted. På et tidspunkt bliver der så pludselig hevet hårdt i snoren, og jeg bliver revet ud af min trancetilstand.

Hørelsen er ikke helt, hvad den har været, og den er ligeså selektiv, som den altid har været. Jeg hører præcis det, jeg ønsker at høre, og min hørelse er stadigvæk meget bedre end ham den halvdøves.

Jeg har heller ikke så perfekt et syn længere, men hvem har det – min far har da slet ikke!

Jeg ser præcis det, jeg ønsker at se! Men det var da sødt af ham at tage mig med til en special-øjendyrlæge for at få tjekket mit syn.

lille mig - det er legetøjsbamsen til højre!!

'Det kom der ikke meget nyt ud af udover endnu en stor regning', kunne jeg høre, han brummede for sig selv, da vi kom hjem.

Nå, jeg er jo over 80, så hvad kan man forvente. Der kommer jo skavanker med alderen!?

Jeg har endnu ikke været til psykiater, selv om min far gentagne gange har sagt, at han ville ønske, han kunne få nogen til at undersøge mit hoved godt og grundigt...

Jeg kan sagtens komme i tanke om nogen, jeg synes, der har et endnu større behov for at få hovedet undersøgt end lige mig!

Han lærer aldrig at forstå, hvordan jeg tænker.

Han ved det godt, for han siger det selv.

DEN VÆRSTE ÆNDRING I MIT LIV

Jeg var mors hund.

Hende savnede jeg rigtig, rigtig længe.

Jeg har efterhånden affundet mig med, at der nu kun er ham den anden.

I en meget lang periode sov jeg alene i stuen på sofaen på min mors plads. Alle min mors dufte var jo stadig lige dér.

Efter nogle uger begyndte jeg at finde ind til puden i soveværelset, men først længe efter min far var gået i seng, men efter yderligere nogle uger, sov jeg der fast.

Min far fortalte, at han stadig fornemmede, at mor ind imellem sad i sofaen.

hun var det bedste i min verden – jeg er 6 mdr. gammel, hun er 60 og få dage fra efterlønnen.

Det gjorde så ondt, at han ikke kunne være til, og han valgte derfor at afhænde den og købe en anden sofa.

Andre af min mors ting er flyttet rundt, noget er sat væk og nogle få ting er solgt.

Jeg forstår ham godt.

Han er såmænd i virkeligheden god nok! Hvem skulle have troet det!?

Min far er begyndt at tale meget mere med mig efter min mor, hun døde.

På en måde er det rart, og jeg logrer da også lidt opmuntrende ind imellem.

Det er godt nok ikke det hele, jeg forstår, men jeg lader bare som om.

Ind imellem er det altså heller ikke værd at høre på det, han lukker ud!

Til hverdag er der kun mig, så jeg kan ikke helt slippe for at høre på ham.

Hvis jeg kunne, ville jeg oprette en Facebook gruppe til fremme af hundenes psykiske arbejdsmiljø. Det burde der være meget mere fokus på!

AFRUNDING

Min far siger ofte, at han er vild med mig, og at jeg har et alt for stort ego og en alt for stor personlighed til den lille krop, jeg har...

Jeg er ikke helt sikker på, at jeg altid helt forstår, hvad han mener, og hvad han taler om.

Ind imellem tror jeg altså også, at hvidvinen får hans hjerne til at flyde over.

Men nå, jeg må jo tro ham på hans ord.

Jeg synes nu nok også selv, at jeg er lidt lækker.

Jeg kan bare ikke helt sige det samme om ham.

Han er da vældig flink, men hans ego og personlighed er bestemt ikke imponerende og mht. kroppen, ja den er i hvert fald bestemt ikke for lille!!

Men det ved han heldigvis nok ikke. Og jeg kan jo ikke sige det til ham.

Når jeg ser tilbage på mit liv, må jeg sige, at med tanke på, hvem jeg er, og hvem jeg har omgikkes hele livet, så har jeg helt sikkert haft en vov'et tilværelse!

Han siger, at jeg er en værre en. Han skulle bare vide, hvad jeg egentlig tænker om ham!

Men det fremgår nok af bogen!

Og alt, hvad der i øvrigt siges om mig, passer slet ikke!

EPILOG 1

Det kan vel næppe overraske nogen, at Molli også satte sig på forordet.

Mine egne bemærkninger til hendes bog har jeg så – og ikke uden kamp – allernådigst fået lov til at klemme ind her til sidst.

Jeg måtte næsten true hende! Jeg var nødt til at erindre hende om, at hun nok ikke havde de fornødne økonomiske ressourcer til selv at udgive bogen, at var mig, der sad på pengene.

Derfor var det vel også kun rimeligt, at jeg fik et par ord med på vejen.

Det virkede!

Hun ønskede imidlertid på ingen måde at vide, hvad jeg skriver i <u>hendes</u> bog, fordi hun mener, at mine bemærkninger under alle omstændigheder kun kan trække bogens kvalitet i den forkerte retning!?

Så hun ville ikke have sit gode forhåndsindtryk af bogen ødelagt...

Fornemmer I bare lidt af, hvad det er, jeg er oppe imod i hverdagen!?

En mere krukket møghund skal man vist lede meget længe efter!

her i mit rette element.

79

EPILOG 2

Den mere seriøse del skal jo også lige med til sidst!

Jeg så en TV-udsendelse på et tidspunkt om terapihunde.

Hver hund var trænet til at tage vare på et specifikt menneske med en psykiatrisk diagnose. Et menneske, der bl.a. havde store problemer i forhold til kontakt med omverdenen.

I udsendelsen var det 2 personer med henholdsvis svær PTSD og svær Asperger.

De hunde var en fantastisk hjælp.

Molli har bestemt ikke modtaget nogen træning af nogen art, og jeg har vist heller ikke nogen psykiatrisk diagnose. Tja, vi

har da bestemt <u>prøvet</u> at træne hende, men det er ligesom om, det ikke bider på hende!

Det ved enhver, der kender hende!

Men hun har i den lange, svære tid efter Bodils død været det væsen i hverdagen, der har afkrævet en kontakt eller handling fra mig utallige gange i løbet af en dag i form af krav om luftning, leg, omsorg eller fodring.

Enhver, der kender hende ved også, at hun ikke udsætter sine behov, men kræver action eller afregning på stedet!

Hun søger min kontakt ved at dutte mig insisterende på benet med snuden med stigende intensitet, fange mit blik eller ved at brumme eller bjæffe med rigtig mange nuancer eller bare gø <u>højt</u>!

Hun har haft uvurderlig betydning for mig, især i de lange, lange perioder, hvor alting så sortest ud.

Det er jeg hende evigt taknemmelig for.

Jeg er stadig forundret over, den store vilje, råstyrke og finfølelse, hun udviser. Hun fornemmer ethvert stemningsskift eller afvigelse fra normalen.

Hun er virkelig en sej lille hund med en rigtig stor personlighed!

Jeg tror, at en væsentlig årsag til bogens tilblivelse derfor skyldes et ubevidst ønske fra min side om at udtrykke min taknemmelighed overfor hende, mens tid er.

Jeg ved ikke, hvordan det bliver at miste hende.

Da Bodil døde syntes jeg virkelig, jeg mistede alt.

Havde det ikke været for Sarah tæt på, Mikkel som back-up i København og Molli, så ved jeg ikke, hvordan jeg var kommet videre.

Corona pandemien har ikke gjort tingene lettere for nogen – heller ikke for mig.

Ideen til hvordan bogen skulle udformes kom, da det gik op for mig, at jeg – udover at fortælle om Molli og berette hendes historie – nærmest kvit og frit kunne tale gennem hende og fortælle om Bodil, mig selv, udtrykke holdninger og kommentere på alt mellem himmel og jord. Det måtte jo simpelthen bare prøves af!

Bogen er forsøgt lavet lidt børnebogsagtig og er nok mest målrettet den store gruppe af barnlige, voksne hundeelskere!

Derfor er bogformat og skriftstørrelse større end jeg ellers plejer at gøre brug af.

Så meget som muligt ville jeg holde i Mollis farve = knaldsort! Ak, det var meningen, at især omslaget skulle være sort, men hvis det rigtige foto skulle anvendes, var det teknisk kun muligt at vælge mørkeblå...

Selvgjort har sine begrænsninger!

Under overskriften på side 1 er der tre slags skrifttegn, der alle står for 'Molli'.

De kaldes WINGDINGS.
(Det var Molli - ikke mig! - der syntes det kunne være sjovt at få dem med).

Tegningen på side 3 er en pragtfuld gengivelse af Molli lavet i anledning af hendes runde 10./70-års fødselsdag d. 8/6 – 2019.

Den er en gave til Molli fra barnebarn Noah, da han var 6 år gammel.

Forsidefoto er fra Kit.

Tak for alt til min dejlige familie.

Bodil er her desværre ikke mere til at holde sammen på tingene, og sorgen og pandemien har til tider besværliggjort kontakten.

Det skal vi overvinde!

HUSK

livet er som dåseleverpostej

når den først er åbnet

har den begrænset holdbarhed

Molli Hyldenbrandt

Vi er ved at lave salat til os selv og alle ungerne, i alt 12 personer. De friske citrusfrugter der indgik i salaten, var en kende sure. Vi plejede vist at få et enkelt glas kold hvidvin til det hårde arbejde...
Foto er fra skønne Toscana juli 2017.

For fanden Bodil, hvor havde vi det godt sammen i de 46 år...

Miami Beach juni 2009

Efter 'redaktionens afslutning' er der sket det nye, at Molli har fået egen græsplæne, og jeg har fået den oase og det fristed, jeg har ledt efter i længere tid.

Jeg har været på jagt efter et sommerhus, jeg synes, jeg har råd til, dvs. et billigt et af slagsen!

Det findes ikke i disse Corona-pandemitider, hvor priserne på fritidshuse er steget vildt, fordi ferierejser ikke er en mulighed.

Parallelt hermed har jeg afsøgt alle Vejles kolonihaver efter det rigtige hus.

Her var oplevelsen det samme som med sommerhusene. Vurderingen og priserne har fået et gok opad på grund af den store efterspørgsel, og der er temmelig langt mellem husene med de elementære faciliteter, som jeg ikke vil undvære med den alder, jeg har.

Det lykkedes alligevel.

400 m2 grund med hus på 50 m2 – ikke fejlfrit – men lige noget for Molli – og mig nu, hvor sommeren er på vej!

Huset er netop overtaget d. 4. maj, og som noget af det første er græsset indhegnet, så Molli kan bevæge sig frit – uden snor præcist, som hun var vant til førhen.

Hun vidste det ikke på forhånd, men det var en festdag, da det gik op for hende, hvad der var sket...

Nå, jeg beklager meget, at min 'seriøse' del af bogen er presset sammen her til sidst og fremstår noget videre hulter til bulter.

Men sådan bliver det jo uvilkårligt, når den møghund har taget al pladsen!

... sagde han virkelig 'møghund'!!??